雪

任明信

獻給瑪
和賴錫三老師

雪無心
雪安靜

雪只有現在
雪覆蓋一切

一切
都宛然有
一切
都未來見

目次

宛然有

逢魔心

未來見

孫得欽推薦序——只是灰

在讀之前
就聽他談過這本書
聽了
但忘光

後來讀完
才想起
他說的是
真的

我最近才認識他
才真的認識他
認識一個人
有些客氣要破

像他踏破自己的界線
在詩裡
也在詩外

我發現有些庸俗的字
甚至比真誠
更適合形容他
比如浪漫
和危險

他讓自己
掉下去
有時也敢

推人一把

——別誤會，
有時我們就需要
這樣
下去

渴望安全
無可厚非

但更渴望
捨棄安全

捨棄我和你之間
由幻想構築的牆

有些危險需要經歷
有些錯誤需要擁抱
如果真實

要被認識

每當行過死蔭的幽谷
我都跌落
我都遭害

祢的杖、祢的竿
都擊碎我

願把所有
託付懸崖

有些詩算是耽溺
但那裡不是他的終點

門打開
發現路還很遠
一切都和

想像不同

在夾縫間行走
在黑暗中
閉著眼睛
用手去摸
光的所在

身體教導的事

終比靈魂可靠
像是裂開一道傷口
種子才能著床

那些枝葉
那些花
那些
落下的光塵

你不能去數

這些詩
確實只是一層灰
無論是用誰的
骨頭燒成

卑微瑣碎

但多美的灰呢
幾乎就像
其他
一切

一樣美

宛然
有

留著

你留著吧。

他輕輕地笑
像晨草
身上的露水
蒸發前的晶瑩

你還沒有聽懂
他的意思是
我不要了

我們也曾有過那樣的早晨

而日子
自你走後
一塵不染

我們也曾有過那樣的早晨
先醒的人是風鈴
隨日光搖曳
熟睡的人
被夢彈奏
等著手指吻醒

桌上的杯子
太靠近邊緣
輕輕挪一些回來
看著盆栽
只知道綠
不去想底下
土慢慢在黑

窗外的葉子不動
我們也不動

凝望的夕暮深處
藏著白晝的裂痕

是為了成為傷口
還是填補
故事從來都不問

桌下的手牽著
如河靜靜流過
溪石的一生

六月

最好的日子
總是雨天
給你傘的人
把傘帶走的人
都在這時候出現

你沒有見過我

有一天你會懂我
不比穿過樹隙艱難
懂我就這麼一個人
在海岸行走
當我踩著浪破碎
寧可失去星辰

你會出現吧。

始終如此深信著

為此我存下所有的瘋狂
你沒有見過我
直到你見過我了
我將以歌聲
換取你尾鰭
此後不再有願望

你是海的夜晚
你是光的新娘

海洋

喜歡你在這裡
陪天空散步
跟雲玩躲貓貓
漂流木
像散落的肋骨
它們曾是誰的另一半

太陽的溫柔
讓我脫下外套
你只要一個眼神就辦到

更喜歡

你看那些雲
離太陽很近
應該感覺到美好

美好的你
讓我更喜歡太陽

候鳥

我們伸出纖弱的翅膀
在命運的天空相聚
此後眼中再無雨雪

不在乎風勢順逆
不害怕雲層灰暗
日子是偶爾回頭
為了彼此飛慢

一同飽足
一同捱餓
冷的時候就覆蓋
彼此的毛羽

這是我們僅有的愛情
這是我們
僅有的生活
無論遠方

等待我們的是故土
還是獵人

十一月

你自天空摘下
鳥的翅膀
自夢裡拆散蝴蝶

你擊落了蜂巢
卻沒帶走蜜

夜生活

找一個地方跳舞
但沒有舞
帶著酒杯
靠近孤獨的人

直視陌生的眼神
越過吻
與身體擁抱
讓一切想像發生

夜太冷靜
有他們的體溫
應該會很快樂
只是後來
會更寂寞

只是沒有愛
更難過

夢裡

在夢裡
你沒有說話
天空有近海的顏色
你靠著我
有花的感覺

在夢裡
我沒有說話
海是水鳥的顏色
你靠著我

海都看在眼裡
遠一點的岸邊
有些睡著的樹
它們的枝枒
長著鐮刀般的葉子
你靠著我

在夢裡
沒有人知道會醒
沒有人能夠玷汙生活

你還不是誰的妻子

我們靜靜地擁抱

像蟻搬運蛾的屍體

漏

多年前
種下的一場雨
清晨突然落下

那雲流浪了許久
終於回到我們的頭上

忘記光的時候
就用石頭點火
只要不擁抱

就會覺得溫暖

這是關於生活
最實用的方法

如果可以
我也想傷害時間
但必須讓你知道
你是我唯一
想傷害的人

晨雨篩過了陽光
變成細沙

再一次
將宇宙倒過來
時間便開始墜落

樹

夜深了
你應該睡在愛的人身邊
而我在黑暗生根
任雷電落下

眼淚

自水面傳來
纖細脈搏
你說極深處
那裡有海的心臟

而我們就要錯過什麼
除了明天
也許是魚
在看不見的地方
放棄了光

有些浪
碎著碎著
就變成鹽
那樣
在我們腳邊
滿地都是

想

我想過遠離海洋
忘掉水面的鱗片
我想過遠離
黃昏和清晨
也許更快樂一點

我想過快樂
想過樹在冬天
失去葉子
有沒有感覺

我想過鑰匙
不曾在誰的身上

我想過湖泊
乾涸的湖泊
曾有女神
把斧頭還我

我想過生活
有她的生活

海底

海底很好
不會下雨

海底的雪
是光的殘骸

然後你會為我剪頭髮

偶爾也想念世界
曾有我們的樣子
被湖水倒映的星球
伸手就能觸碰
籠子以外的風景

未曾比此刻
更珍惜過往
那些不勞而獲的日子
後悔莫及的旁支

憂傷如簾
遮蔽光線
但無能阻止溫暖

如今
我已能將往昔的傷口
視如己出
這溫煦的暗金
被歲月的垂顧
越敲越薄

只要願意
我想我們終究會再見
只是不一定在這個世界

這既非單純
也不天真

我們再見
就像從前
然後你會為我剪頭髮

為我唱生日歌
展露久違笑顏
我們將髮尾收起
打成小結

散步

雨後的小徑
依舊低飛的蜻蜓
在稻穗間潛航

終於鬆口的
近來如何
回音一般
隨山勢沉沒

夕暮的身前是淵藪

身後
是過去的絕望
幸好我們
已經走得夠遠

我們跟雲霞揮手
我們向遠山問好
我們在雨霧中微笑
我們看著彩虹
散了

沒事

把信都收好
連刀子一起
抽屜睡著
感覺放心
就不再需要

我也已經沒事了
連過去一起
知道現在你過得很好
未來已經

沒我的事了

也許

也許沒有海
浪就不會碎
也許沒有浮木是永遠

也許人字雁
會在更遠的地方散開
晚霞不曾預見
風暴的到來

也許窗戶有時

並不通向窗外

也許惡魔
也是神的禮物
是那些遺棄我的
使我成為道路

而漣漪終會平靜
湖水將遺忘先前
有過什麼跌落

也許你就要啟程

只是想抱抱你

跟你說

我已見過來生

不能

——兼致胡家榮《光上黑山》

走去海的路上
踩破幾隻蝸牛
你不後悔
只是哭

海風溫徐吹送
夜晚細長
你的噩夢
一直沒有離開
矮小的月光
還來不及長大

你明白宇宙之外
仍有宇宙
生命之下仍有生命
可是你的明白
沒有用

喜歡的星星越來越少
你用黑暗
把他們擦得更亮

月河依然在向你招手
這一次
你也不能太勇敢

已經

——兼致孫得欽《有些影子怕黑》

不要回頭，他們說
當你過得很好
就不要回頭

想問什麼是很好
但眼前是深谷
星宿不明
山脈昏沉
腳下水聲依稀
你慢慢想起是誰
將你淹沒

也讓你學會泅泳
已經不能再恨他了

是應該轉身
也許能看見過去的人
已經很遙遠
影子小的可以
握在手上
石頭已經不重
可以放在心上

不再

殞落之前
不記得雪
只感覺虛無的手
安靜撫摸黑夜的長髮

懂事之後
不再學別人過
幸福快樂的生活

當雲靠近
就讓它下雨
不再想著為誰
大放光明
有人願意一起走
就點枝蠟燭
小小的
在手心
用餘生不讓它熄

記得

那裡存放著時間

時間跳舞
時間說，永遠
時間有你最喜歡的聲音

那裡有你喚不出的
植物的名字
一座安靜的山
一口能飲的井

我們在那裡
一起學鳥的語言
行走於葉脈
看蟲的步履
聽每一顆石頭呼吸
擁抱此時此刻的雨水

你說
有比好看的人
更加好看的人

但美麗
無法取代
另一種美麗

你說
我愛過你

逢魔心

遺作

祂創造了世界
感到非常滿意
然後祂自盡

這是第八天
空白的聖經

毀滅

00

決定活著
藥物陪伴的餘生
世界的憐憫不少

01

起床
睜開眼
喝水
關了電視
又是一天

02

坐在陽台耙土
看植物曬太陽
露出美好的表情
把菸熄在手心

03

無夢的日子
還有餅乾軟糖
戴著卑微的王冠
每天親吻日常的腳踝

04

偶爾需要光
你試著敲門
總是黑暗答應著

他說光在忙
他說光
不需要你

愛情

赤腳踩碎玻璃走來
想給他全部的手指

紅蓮

那是他命中的紅蓮
燃燒的血花

他看她的眼神溫柔
她的美麗
可能遺傳母親
他不以為意
她叫他父親
十幾年
他不以為意

他進入她

鬼

你和他們一樣
也想要我的身體嗎
你有想過我的靈魂嗎

神童

沒有人知道他死過
他的父母
在出生之前
便將他夾碎
他們說他們
還沒有準備好
養寵物

他無知
他最懂世界

頓悟

人是殺不完的
一生有限
領悟這件事
讓他非常開心

錯過

母親過世後
父親和兄長
比過去更加疼愛他

他們不同時
在夜裡疼愛
他們輪流
如夜空的航線
幸運地錯過

雛鳥

空地上的人
爭奪皮球
輪流將它丟進破掉的鐵框

你只想懷孕
在天黑的時候抓緊樹枝

政教

狂熱信仰的登陸
盲巨地著床
在覺醒之前
我們排著隊
引頸期盼
國族的陽物
深抵命運的子宮

看

天氣冷
房子也在發抖
霧慢慢過來了
你看什麼看

入世就要穿鞋
你沒有
就穿自己的腳
走路把腿伸得筆直
像吃人的竹子

入世就要排隊
越長的越好
你看什麼
什麼也看你

化緣

上緊發條的僧人
用植物的血洗臉
一直是空的缽
裡頭都是錢的味道

即景

陽光將城市二分
沒有雲的天空
城市事物繁盛

迂迴的人走在山腰上
裸露部分身體經過
透出腐爛香氣
他們不知道被咬傷的幼犬
長大了會吃同類

夜色將城市二分
街燈就要亮
走唱的人不在了
聽的人也是
你仍在鼓掌

早晨移動

早晨移動
山區落雨
每一個彎道
你都想鬆手

匍匐

要避開台階
走碎路
走泥土
走枯朽腐敗
走百花撩亂
用手走

森

山裡行走
流綠色的血
想像更深的地方

山裡行走
樹會留住你
樹會想辦法愛你

動心

山很清晰
海也很清晰
實現所有心願
能夠死在這裡

之間

你是之間者
白天黑夜
窄巷裡覓著光走

日子柔韌
只能細嚼
好景不常
你要寬容

黑夜海上

黑夜海上
分不出閃爍的
是船或星球
要多逼近
才能看透

遠方光芒降落
時候到了
不是你的錯

公園

聽見笑聲
想要前往
經過的街角
曾有些晦暗的事
以為可以忘記

渴望不再模稜
每一步都讓陽光更實現
那笑聲是孩子的
多麼可親

捨不得回去

模樣

他嚼著檳榔
兇惡地
驅車追來
說你
腳架沒踢

病房

00

將日常刻鑿成喜愛的樣子
每到晴天就更接近神

01

喜愛他們異樣的目光
問你好手好腳
怎會來這裡
遺忘的事情比記得更多
你並不會知道

02

太需要了
陽光、空氣
血
靈魂的盡頭是火柴
隱約的神
慵懶的鼻鼾

03

要去很遠的池塘
要有門但是關著

要同時拒絕
聲線，和光線
不要靠近頂樓

04

掌紋越留越長
影子看久了
都覺得裡面有人

終有一天
我會放下影子
神會喜歡我

無題 12

睡眠
被每個人需要
夢沒有

清晨的馬路
陸續的車子與人
陽光由藍轉黃
鳥說
不要和宇宙作對
祂沒有意志和品格

你無法傷害祂的心

無題 13

直到有天
錨拋下了船

為了維繫纖弱焰火
將僅存的事物都當成薪柴
見過那至暗
才知道一個人可以多喜歡光線
於是你再無法傷我分毫

無題 14

抱歉
我見過該死的人
你不是那個樣子
好夢壞夢
都有結束的凌晨
沒有心了
日子會自己長腳

無題 15

沉默的雲
如赴死的艦隊潛行
它知道你要回去
帶著你髒掉的心肝
告別人造草坪
公園，高壓電塔
放棄人世的勝負
那裡不存在所謂的錯誤

無題 16

最後的雨
落在如茵的草地

神也知道自己的命運嗎
天空落下藍色火焰
一朵一朵
我將它們舀起
在熄滅之前

終於

樹海音樂
雨雪和井
所有你愛過的
將在此相聚
他們終於這裡
他們終於
帶著溫柔眼神
向宇宙中心走去

給需要的人

窗外
不諳世事的植物
帶著可見的美好

陽光
給需要的人音樂
也給需要的人寂靜

如果那些花都沒有開
應該責備園丁嗎

我們享受突然地著魔
守著視覺殘留的煙火
等待黑暗再次覆蓋

未來

見

小葉欖仁

穿過葉子的光
也穿過了我們
空心的蝴蝶
隱沒在無人的花徑

只是約好了
在這裡復活
其實做不到
也沒關係

回應

揮揮手，喊他的名字
陽台的外面是草地
可是你不能這樣過去

不要給植物太多水
不要送愛的人風鈴
可是風鈴
那麼美

我要從深深的海底來看你
雖然你已經忘了故事

所有可能的樣子

能感覺到每天
不斷地挫折
與被愛
把積累的事物放倒
試著再提起一點點

拆除的聲音，建築的聲音
互相穿越的邊緣，時間
坐在殘破的椅子上彈琴
剪指甲上的肉芽

用剩餘的壽命
交換智慧
用更少的符號
交換美
忘記神聖
忘記良善
忘記堅持

餓了
就吃一些肉
等遠方的人回來
看他們一眼

不要怕孩子的啼哭
不要怕該流的血
不要逗留

沒有咖啡因和酒的世界
不要責備

不要責備
他們需要的
只是一些經過的偶像
一些葡萄
心裡有個人
能覺得平安

但願我有一首歌可以送你
為你哭
為你說明
靜電與乾燥的關聯

作為交換
你會寫一封長信給我

教我如何專心地
看著夢裡的雙手
告訴我關於一座港口
所有可能的樣子

有些人仍需要噩夢

那些說要殺死魔鬼的人
看起來更像魔鬼

讓他們說吧
是那些話使他們栩栩如生

他們以為身體
與愛有關
像雲以為自己
和天空有關

他們不知道
在好夢來臨之前
有些人仍需要惡夢才能入睡

我將前往生活

我曾渴望荒蕪
獨自在王國
看著樂器失去手指

我曾是愚痴之人

見過蝴蝶
仍不明白蛹的掙扎
花也有死的意志嗎
我問雨水
不舍晝夜

怕水的魚該怎麼活
我問雨水
不舍晝夜

別再勉強自己了
你不可能比光更誠實

我也和你一樣
曾是神
為了拯救心愛的世界
降位為王

狂戀的盡頭
唯有孤獨者懂得暗語

如一場必然的手術
以雷電鋸開鯨魚的心
他曾是海的伴侶
結局也沒什麼不同

而我將前往生活
在最卑賤的時刻

我將和你同享虛無
慢慢淡出悠遠宇宙

你就這樣睡進馬的身體

——寫給《The Revenant》

祂帶走你的孩子
沒帶走你

褪下手指
卸下雙足
黑夜的心
被惡意割開
你用雪替它縫合
每一天醒來
比孤獨更悲傷

祂帶走你的孩子
沒帶走你

在夢裡挖自己的墳
吃黑夜的碎心
還要走多久
才能留下足印
無垠的荒地
比早更疲倦的年輪
記得那些過去的人
無意義的一生
能否因此幸福

依然要等到天亮

一些睡眠在十月消失
像從未見過樹的女人
走進森林

悲傷太過美麗的時候
你分不出暗中
搖曳的是火種還是流沙

該活的會活
該死的會死，他們說
無論什麼鳥在夜裡
看起來都是烏鴉

心甘情願
服侍那些更小的事物
直到它們發出光澤
你已在不知覺中強壯
可是熄燈
依然要等到天亮

雪

天空老了
落下他的白髮
有天你也會如此
失去一切

你曾經凝望愛人
以為那就是愛
你曾經觸摸花瓣
以為這就是花

當渴望灰飛煙滅

當那些容易的事
越來越艱難
你開始渴望灰飛煙滅

你不去想盛宴，節日
如何被慶祝
不願意理解花蜜
是如何讓蝴蝶快樂

你只想為深愛的零件掘土
蓋破碎的墓
把所有的輝煌都留給它

眼前被命運遮蔽的路
往後也將被命運開啟
多麼希望這是真理

不再期待迷路的人歸來
是他們讓你知道人世，無常

如海岸上擱淺的花
你挽不回那些夢的凋謝
便是如此成為人類

有些存在是為了消失
這並不構成悲傷

當渴望灰飛煙滅
於是你看見其他更久遠的存在
山陵，雲霧，眾生
葉隙背後的天空

看見了天空
生活才算開始

不去可惜那些

柵欄裡的牛
看著同伴遠去
知道遲早是自己

遲早是自己
幸福的時候
哀戚的時候
都不忘提醒

安住在一條巷弄
死生都在這裡

不去擔心世界
那些草
有他們底下的土
那些鳥有他們翼下的風

當我說世界
我指的不是人類

放過時間
放過顏色
今後
你還會錯過更多

不去可惜那些
僅如幼犬般純粹
相信燭火
相信鹽巴
放心被食物拯救
被屋簷和微笑拯救

學一道耐心的閃電
一生只為神木而墜

他以被遺忘的樣子重新存在

帶來光的人
在早晨對我們說了關於神的事情

要放下偉大的事物
放下盡頭
很難
那花因為開在懸崖
於是更值得摘

我不崇拜善良
我只是相信

不諱言自己在意身體
有時勝過靈魂

當我感覺完美
並非生命終於圓滿
是不再悔憾
無論今後如何缺殘

我是碰巧成為人類
沒什麼好被稱羨
貨幣，律法，歷史
一切毀譽
不過是他們自娛的遊戲

足印是因為踐踏而被留下
恆星的壽命
與你的需求無關
發明與智慧亦無關

我不過是碰巧

必須去死

你知道那些消失的事物

其實都未曾離開

他以被遺忘的樣子重新存在

現在

你有了伴侶
披頭散髮地
生了孩子
很有母親的模樣

沒有過去
沒有關係
你現在非常美好

你是

你是走
你是握
你是每一次
眼瞼的起落
你是露水
是杯緣
是合腳的鞋
步向神龕的燭火

你是冬日腳踝
踩破枯葉
你是雨後水塘
依傍屋簷

你是笑
你是哭
你是所有的感覺

感謝那沒有

如果在毀滅之後
更有能力去愛人

感謝那沒有
今後你只為自己守夜
為自己點燈

在心底種樹
任其生住
不再嚮往他方森林

記得來去是真
天空是真
記得鏡子
忘掉鏡子裡的人

不要阻絕慾念和痛苦
那也是世界的造物

你的快樂
雨知道
漣漪也知道

你的痛苦
樹知道
根和土地
也都知道

靜謐之中沒有孤獨者
通往月亮的路
也將通往太陽

無痕的積累

獨自去一座山
等不會下的雪
為了你自己
做一切浪漫的事

你剛認識你的佛
才要開始進入玫瑰

老化
是為了褪去
平添的榮寵
讓你發自內心
看雲

你無法從內心以外的事物得到救贖

你無法得到全部
只能把握一些片刻
讚嘆日常的底蘊

晨光單純
肌膚清晰
轉開龍頭就有水
瑣碎的小事
便足以令人動容

哪裡會有我們的庇護
日子如蟬生
轉瞬即逝

無痕的積累
任死亡成為羈絆
任死亡成為自由

富足

清一個角落
也讓蜘蛛生活

珍惜惡夢
它們使人真誠
願意坦露悲傷

互相傷害的話
不如不說
看穿事物淺薄
無法證明你的深邃

不因擁有慾望而羞恥
不因懼怕孤獨而
刻意結交

慢慢來

當你準備好

汗漬和裂痕
亦是創作
貧病和飢患
也是朋友

我沒有孤獨以外的方法

那是你早已聽聞的一切
早已知悉的一切

也許生命是夢
而死亡是醒
你曾渴求醒來
為此孤獨行走

山是溫柔的駱駝
默默背負流星，雨水和森林
海是你的血液

為了路
肉身穿過鎖孔
絞成鑰匙
唯有痛苦的時候
確定自己是真的

為了路
你曾做過最遠的夢
在那裡生老病死
你漸漸變得通透
可以愛情
你與你的夢
慢慢合而為一

你發現
當你愛的時候
你也是真的

這一路也許漫長無際

我沒有孤獨以外的方法
使你了悟
像草必須承受露水
才能靠近晨曦

我沒有辦法用語言告訴你
但是愛就在那裡

因為生命是音樂
死亡是聽

一切都是為了更靠近

能得到的就能失去

你已不在乎生命
是一場盛宴
或浩劫
你阻止不了葉的掉落
也阻止不了花的盛放
不如靜看

不如靜看
與美好的人擦肩
相視而笑
不必同行

在透明的時候
讓光經過
不貪圖光
不沾染陰霾

在汙濁的時候靜默
讓汙濁成就你

一片雲
該如何傷害天空
一朵浪
該如何傷害汪洋

有天當你明白
你是誰
你會和我一樣歡喜

因為一切
都是為了更靠近
即便遠離

用河的方式走
哪怕再遠
再蜿蜒崎嶇
我們終會相聚

是我

我在旁邊
看著我下棋
我是那棋子
也是下棋的手

我在旁邊
看著我哭
看心碎破
看我死
然後再活

我在旁邊
深深愛著我
是我讓我
明白了神話
是我讓我
領悟了傳說

願

雲走過了陰翳
風拭去草的淚水

會有那麼一天
土地與屋簷
都屬於需要的人

願善良的船
在無風時候
也能夠遠航

會有那麼一天

真實的人將明白
他們不需要美麗

願這一路
危險神祕
穿越暗礁和逆浪
經過港也不停靠
願死亡和生命
都不讓你失望

會有那麼一天
湖水不再仰望天空
他將在夢中
照見自己

願你們幸福

願這路上只有我
願這路上沒有我

去過靜慢的生活

祂緩慢地替你開門
時間漫長
需要巨大耐心

但耐心是有用的
耐心會換來一方遼闊

生命
本質是遊戲
你要盡興
可以認真
但不能當真
願你有一天看穿

清醒地獨酌

不在意天分和機率

這個身體有它想做的事情

而你已經離那些很遠

去過靜慢的生活
像樹一樣照顧自己
擁抱塵埃
珍惜根莖
在任何地方都能夠長成

要習慣雨
而不是傘

當一個心地純粹的人
不被任意事物收買
讓智慧匹配你的年紀

只過靜慢的生活
離光很近
陰影於是顯得巨碩
願你也愛自己的陰影
如光愛你

你若已到達便無須再走

後記：一切

-7

而我已經不是過去的我了。
說的時候，你帶著熟悉的狂喜與悲傷。

某種徹底超脫前的解離。
慢慢地分享，關於任明信這個人。
但你已不只是他，你是別的，再來者。

-6

學著與時間和平共處。

一旦戰爭，你也不會是贏的一方。

有些回憶成了時間的俘虜。

有時，會迫使人割讓未來的夢想償還。

現也覺得無妨了。夢想是用來信仰，不是非得實現。

-5

想說個故事。

《景德傳燈錄》中，有則一指禪的公案。故事是說金華山的俱胝禪師有天在道場裡，來了一位名為實際的比丘尼，她來的時候沒有通報，戴著斗笠逕自走入道場，徐徐繞著俱胝走了三圈，然後問他，如何是「道」。若能回答，就摘下自己的斗笠。

俱胝傳法已有些時日，心底閃過萬千文字，但在比丘尼詢問三次之後，仍無法道出。她旋即要走，俱胝曰天色已晚，不如暫且留一宿。比丘尼又問，如何是道。若能回答，就留住一宿。俱胝依然無法應對，尼姑離去。他嘆道，自己空有大丈夫的身軀，卻無大丈夫的氣魄，決意離開道場，前往四方尋參。

然而當晚，山神託夢給他，跟他說無須離去，改日便有肉身菩薩前來說法。幾日後，天龍和尚來。俱胝接待之餘，說明了事情經過，請示於他。天龍和尚聽完，不發一言，僅豎一指示之。俱胝當下大悟，此後，若有人問及，便舉起一指，再無他說。

-4

著迷於人類頓悟的瞬間。

有一種真正的看見、真正的傾聽，必須用全部身心去承接。

超越語言的當下，萬法歸一，再無歧義。

顛倒夢想的微小動作，一句話，一個呼吸。

從「機緣」變成「命運」的刹那。

如諾蘭在《頂尖對決》中的魔術戲法：The Prestige。光榮的再現，只因你不知如何去看，於是未曾真正看見；因為從來沒有真正在乎，故不得其門而入。

直到你遇見洪水，遇見深淵，遇見魔法。蛋殼裂開。

如馬丁·麥克多納的《意外》，山姆洛克威爾飾演的警員，
戴著耳機，在火舌蔓延的警局中讀著警長死前寫給他的信，
上頭寫了：你是比你以為的，更好的人。

禪宗說：啐啄同時。
啐是小鳥於殼中吮聲，啄是母鳥為助其破殼而嚙。
必須兩者皆備，才有新生。

如華卓斯基的《駭客任務》，先知微笑著對尼歐說：「可惜你不是……」。與隨後的預言：「但你很善良，所以接下來會很艱難——因為你必須在自己和相信你的人的性命之間，做出抉擇。」而尼歐的覺醒，便是在相信自己不值得的前提之下，決定與命運拚搏，於是重生。因為知道自己不是世界等待的人，勇於赴死，才成為救世主。

如那句俗諺：裝睡的人叫不醒。

唯有真正想醒的人才有可能醒來。

-3

一指禪的故事尚有後續。

俱胝在悟道後，聲名遠播。其座下有一小沙彌依樣畫葫蘆，當俱胝不在，有人前來尋道，便學師父豎指答應。一天，俱胝將沙彌叫來，問道：你也懂得佛法？小沙彌回師父：懂得。俱胝又問：如何是佛？

小沙彌自然地豎起了手指，此時，俱胝抽出懷中的戒刀，斬下沙彌的手指。小沙彌痛得大聲叫喊，起身要走。俱胝大喝將其喚回，復又問：如何是佛？小沙彌下意識地要豎起手指，卻發現已無物。豁然領會。

-2

近來，無意養成了翻字典的習慣。
某次隨意翻開，目光停在「一切」。

一切，名詞。是所有，全部之意。
「所有」是大千世界的森羅存有；「全部」是各式局部的總和。

一切這二字，自有自成，無可憾搖。

然而一切之「切」，亦是一刀。動詞。

一個俐落的，精準的，絕對的斷面。

一枚當下的生命快門。

我們稱之為「現在」。

「現」是時間狀態，「在」是空間狀態。

猛然驚覺「現在」不僅是名詞，更是動詞。

恆動詞。

俱胝的那一刀，就是「一切」。

-1

比「一」更令人神往的極致存有。

零與無。

把所有可愛的，可憎的，可悲的，可喜的，都放下。

把所有你存活至今，以為是的，以為有的，以為對的，都殺死。

如此你便自由了。

謎題只屬於渴求答案之人。

對知道謎底的人而言，問題根本不存在。

真實的永恆面紗。惡作劇之神艾德秀（Edshu）的遊戲。

沒有 The Pledge，沒有 The Turn，只有 The Prestige。

時間到了，你要準備好，讓自己配得那一刀。

-0

三十四歲，以為到了這年紀，不是自殺就是出家。

不料，意外地活過了虛無，活進了生機盎然的空寂。

樂此不疲地清醒夢；苦惱和哀愁的賽局。

希望是練習，絕望也是練習。

為了把自己活得更繁盛。

那些帶你來到此時此刻的事物，終會引領你至別處。

明明白白地愛著，在心底，替過往留下乾淨房子。

那裡依山傍海，那裡窗明几淨。

那裡，數十年如一日。

看著他們，你揮手微笑，說保重。

你記得，你都記得。
只是，不特別再想起。

智慧田 113

雪

任明信 ◎著

出版者　大田出版有限公司
台北市一〇四四五中山北路二段
二十六巷二號二樓
E-mail　titan@morningstar.com.tw
http://www.titan3.com.tw
編輯部專線　（02）25621383
傳真　（02）25818761
【如果您對本書或本出版公司有任何意見，歡迎來電】

總編輯　莊培園
副總編輯　蔡鳳儀
行政編輯　鄭鈺澐
校對　金文蕙　任明信
初版　二〇一九年（民108）六月一日
六刷　二〇二三年（民112）二月九日
定價　三五〇元

印刷　上好印刷股份有限公司
電話（04）23150280

國際書碼　978-986-179-560-7
CIP　851.486/108004406

讀者服務專線
電話　（04）23595819#212
傳真　（04）23595493
購書 E-mail　service@morningstar.com.tw
網路書店　http://www.morningstar.com.tw（晨星網路書店）
郵政劃撥　15060393
戶名　知己圖書股份有限公司

法律顧問　陳思成

讀者回函

鄭常　關於封面畫作《孤白裡的水珠》

搭說不準的慢飄行　聽見了你　默默靠落身旁　異常純淨的聲音　還有她　還有他……／不論是怎麼個偷偷的　在這裡　任意離席是不被允許的美
上天主宰了孤白／想摸摸石頭　黏著青苔　跳上花瓣　微風撥弦／是睡著了吧　總以為自己是顆小水珠